KB127510

세계의 끝에서 우리는

세계의 끝에서 우리는

양안다 신작 시집

K
POET

아시아

차례

세계의 끝에서
우리는

POET

초대장

밤과 낮이 인간이었다면.

불과 재와 숲과 바다와…… 우리가 사랑하는 장면이

사실은 인간의 또 다른 모습이었다면.

좀 더 살아보자고. 밤이 낮에게 말을 걸었다면.

사랑해. 낮이 밤에게 대답할 때.

그들이 쌍둥이였다면. 그러나 둘 중 누가 먼저 태어났

는지 알 수 없다면.

내가 너에게

좀 더 살아보자고 말했다.

너는 나에게

사랑한다고 말했다.

새벽인지 저녁인지 구분할 수 없는 시간.

엉켜버린 꿈을 꾸다 일어났을 때.

우리가 쌍둥이였다면.

우리가 한배에서 기어나왔다면.

마음의 시작과 끝을 알 수 없어서.

그리고 어느 날 세계가 망가지는 꿈이 시작된다면.

영원한 밤

잠든 너의 머리카락이 바이올린의 가장 어두운 현이었다면. 밤의 음악이 모두 어둠으로 물들어간다면.

어쩐지 우리의 밤이 끝나지 않는다. 졸음과 다투는 네가 어깨를 뒤척이고. 나는 나의 불면에 대해 사과한 적 없는데. 이불을 뒤집어쓴 채 숨을 쉬면 너의 호흡이 메아리로 흩어지는데.

전등의 생몰연대를 가늠하는 일과 어두운 방에서 춤을 추는 일. 우리는 가장 어두운 곳을 향해 날아가는 눈빛이었을까. 너의 두 눈이 미광마저 놓치지 않아서. 나는 춤을 추는 너를 쉽게 발견하면서.

창밖으로 어둠보다 더 짙은 그림자가 지나가고. 문득
바람 거세게 부는 소리. 귀를 기울여 봐. 저건 바람이 아
니야. 듣고 있어? 기계가 호흡하는 소리를. 지면이 망가
질 듯이 울리는 비명 소리. 거대한 그림자 무리.

이 밤을 사랑하는 건 신과 우리뿐일 거야. 세계가 망
가지는 건 우리와 무관한 일. 우리는 우리의 사랑과 서
사에 전념하면서. 모든 게 기울어지고 있어. 어쩌면 너
의 눈앞에서 춤추던 내가 쓰러질 수도.

나는 카메라 셔터를 반복적으로 누른다. 점멸하는 너
를 바라보면서. 네가 사라진다. 어둠 속으로. 네가 웃는
다. 찰나의 빛 속에서.

애프터월드

창문이 흔들리면 폭약 터지는 소리가 들렸다.

무서워. 너는 나의 손목을 붙잡고 말한다. 이젠 아무 것도 알 수 없어졌어. 잠들면 눈을 뜨지 못할까 봐.

나는 방에서 한 발자국도 나가지 않았고.

창문이 흔들린다.

너는 말한다. 노동자들이 첫 번째였어. 그리고 너는 수많은 톱니바퀴가 맞물려 쉴 새 없이 돌아가는 장면에 대해 묘사했다. 아름다웠어?

아름다웠어.

공장에서 도망치는 자본가들을 보았어.

창문이 흔들린다.

마지막 뉴스에 의하면 학생들은 검은 우산을 펼쳐 들고 거리로 나갔다. 그들은 당연한 것을 요구했으나 요구는 당연하다는 듯이 묵살되었다. "세계는 침묵하고 있습니다." 어느 리포터가 말했다.

창문이 흔들린다.

노동자 다음은?

부상 당한 아이들. 그리고 굶주린 노인들. 그다음부턴 순서가 무의미해졌어.

창문이 흔들린다.

너는 어느 도시에 방문한 이야기를 꺼낸다.

"도착했을 땐 이미 모두가 죽은 뒤였어. 피 엉킨 온갖 공구와 우산들로 거리는 검게 물들었지.

도시는 유령의 속삭임으로 가득했어. 도처에 죽은 이들이 널려 있었고 벌레들이 꼬였지.

나는 이유도 없이 텅 빈 도로를 달려 나갔어. 얼굴에

서 눈물이 멎을 때까지. 슬픔을 이해할 때까지.

　이 마음이 끝나길 기다리면서.

　온 건물이 무너지도록

　나는 달렸어. 알 수 없는 곳으로 계속 달렸어."

　창문이 흔들린다.

　창문 밖에서 타오르는 건물이 보였다.

　나는 방에서 침묵하는 사람.

　마음에는 거대한 폭죽.

안녕 그러나 천사는

언젠가 인간은 천사였던 적이 있지 않을까. 너의 날개 뼈를 만지면서.

폭약이 누군가의 마음을 뒤흔드는 새벽.

너는 붓을 적시며 말한다. 악마도, 이 세상의 조류도 모두 날개 뼈를 갖고 있다고.

종이가 되길 원한 나무는 너로 인해 하나의 그림이 되어가는 중인데.

어느 신화에 따르면 태양과 달을 신의 눈동자라 믿었다고 한다. 그러나 어느 짐승의 두 눈일지도.

전생에 우리는 꽃이었을지도 몰라. 나는 너의 머리칼을 쓸어 모으면서.

아니. 나는 물이었을 거야. 물을 만질 때마다 불안이 전부 씻겨 내려가거든.

폭약이 우리 불안을 뒤흔드는 새벽.

네가 그린 꽃은 호수에서 목을 적시고 있었다. 짐승의 등 위로 나뭇잎이 돋아나고.

인간은 누군가를 죽이기 위해 불을 만들고 불은 누군

가를 죽이기 위해 재를 만든다. 재는 무엇을 위해 어디로 흩어지는 걸까.

우리의 눈빛이 낮이었다면. 우리의 새까만 마음이 밤이었다면.

언젠가 나는 너였을 것이다. 너를 안을 때마다 불안이 전부 씻겨 내려갔으므로.

우리가 그림 속에서 완성된다면

사체에서 흘러내리는 구더기를 본 어느 날.

네가 작업 중인 캔버스를 본다. 나는 도통 너의 그림
을 이해할 수 없지만 색채를 사랑했지. 너의 그림 속을
헤매면 발끝까지 어지러워. 나는 비틀거리고. 여전히 너
의 불안은 깨지지 않지만.

나는 불가사의한 이야기를 너에게 들려주고 싶었어.
고대의 건축물과 썩지 않는 시체, 해독 불가한 암호문.
아마도 영원히 이해할 수 없는 것에 대해 이해하고자 하
는 이야기. 그러나 내가 이해하고 싶었던 건, 아마도 그
건……

너의 머릿결에서 오일 냄새가 나. 언제부터인가 너를 떠올릴 때마다 머릿속으로 수많은 유화가 동시에 그려졌다가 지워지곤 했다. 너와 함께 죽은 이의 표정을 봤다면 정말 좋았을 텐데.

매일 밤이면 나는 너의 캔버스 속에 갇히는 꿈을 꾼다. 잿빛 하늘에는 무슨 빛의 장마가 어울릴까. 나는 눈을 감고 너의 체취를 상상했어. 테레핀. 그래, 너는 그것이 테레핀이라고 했다. 빗방울 닿는 곳마다 빛이 번지는데.

투명한 물병에 물감을 떨어뜨리면 나는 그 장면이 왜 아름다운지도 모른 채 그저 아름답다고. 이유를 모르기 때문에 아름다운 거라고 중얼거렸다. 물병에 발작하는 눈물을 떨어뜨리면 어디까지 아름다워질 수 있을까.

너는 나를 잊은 채 너의 캔버스 속으로 달아나버렸지. 새하얀 불안 속으로. 너는 왜 인간을 그리지 않는 걸까. 그리고 나는 그 사실을 너에게 말해주었는데.

너의 목덜미에 돋은 소름을 본다. 우리 피의 색깔이 달랐으면 어땠을까. 나는 녹아 흘러내리는 피부를 상상했다. 춤추는 구더기들.

사냥철

밤의 도시는

어둠을 밀어내고 있다. 그것을 증오하려고. 불면증 환

자가 어둠을 당기고 있다.

그것을 사랑하려고.

창밖에서

저공으로 비행하는 항공기 소리를 듣고.

근처에 공항이 있구나,

밤의 도시에서 나는

그런 걸 이해하고 있었습니다.

이른 아침마다

개 무리가 짖는 소리를 들으면

이곳은 개가 많은 마을이 되고.

어제는 개들이 개를 괴롭히는 장면을 보았습니다. 이
도시에서. 저토록 많은 개를 키우는 사람이 있다니. 이
밤의 도시에서.

나는 생각하였지요.

'내 영혼의 주인은 누구였지?'

개들은 골목을 물고 달려갔습니다. 그것이 존재 이유
라는 듯이.

나는 너의 침대에 누워

살 냄새보다 짙은 약 냄새를

맡습니다.

나는 약병들을 깨뜨리는 것으로

아픈 음악을 만들었지요.

너의 영혼을 위로하려고.

시체가 된 주인 옆에서 개들은 여전히 꼬리를 흔들고
요.

왼쪽에서 오른쪽으로.

오른쪽에서 왼쪽으로.

튕겨지더군요.

나의 노아가 침묵을 멈추었을 때

1.

이 노트는

세계가 온전했을 때. 그러니까 세계가 온전하다 믿고 있었을 때.

계절 내내 비가 쏟아지던 때의 일.

너를 만나기 전의 나의 세계.

나의 이야기다.

2.

창밖으로 끊임없이 비가 내리는 날이었어. 나는 보

드카와 럼을 자주 헷갈렸지만 들이키기를 멈추지 않았
지. 바깥은 어떨까. 창문 위로 흘러내리는 빗방울. 아
무것도 알 수 없었지.

밤이 지나고 새벽으로 물들기 시작하면 꼭 이웃 연
인이 다투기 시작했지. 나는 그 소리를 가만히 엿들으
며 손톱을 잘랐다. 하루에 손가락 하나씩. 밤하늘에는
누군가가 잘라 둔 초승달.

믿고 싶은 대로 믿어도 좋아. 뉴스에서는 한 계절 내
내 쏟아지는 비에 대해 떠들었는데. 환경단체에서는
무분별한 인간의 죄를 논했으며. 심판이라고, 어느 종
교인이 말했다. 염세주의자들은 물에 잠길 거라고 했
지. 주어 없는 소문들. 나는 그게 지겨워서.

그러나 이상기후는 마음에 들었어. 그것의 정서는 변칙적이고 색채로 가득하며 손에 닿을 것 같지만 날아가버려. 나는 온 세계를 수영하는 꿈을 꾸었다. 팔을 휘저어 모든 곳으로 나아갈 수 있다면. 사랑하는 이에게 다가갈 수 있다면…… 그리고 어느 날

갑자기 장마가 끝난다.

더 이상 창밖으로 하염없이 비가 내리지 않았을 때. 세계는 분명 어딘가 바뀌어 있었는데. 사람들이 거리에 쏟아져 함께 연대할 때. 나는 방 안에서 보았지. 무너지는 것을. 주어 없는 패배들.

3.

누군가는 이 모든 게 장마 탓이라고 했다. 누군가는 일부 사람들이 문제라고 했다. 누군가는 울었다. 나는 침묵했다.

그거 알아? 사실 내 세계는 이미 오래전에……

그러니까 이것은 장마와 상관없는 이야기. 언제부터 세계는. 언제부터 나는. 그리고 너는.

피와 철

어떤 아이가 백 년 전의 전쟁에 대해 말한다.

그날 마을에는 총성이 끊이지 않았다고 했다. 병사들
은 동료의 시체를 수레에 쌓아 올렸다고 했다. 간혹 죽
은 동료의 뒤통수에서 구멍을 발견하면

우리 중 누구일까,

산 자들은 고민했다는 것이다.

어떤 아이는 오늘날의 전쟁에 대해 말한다.

"피를 만지면 녹슨 칼 냄새가 납니다.

이방인들은 탄약 냄새가 난다고 합니다.

우리의 피로 무기를 만든다면.

우리의 피로 누군가를 죽인다면."

유리 장미

봐.

창밖에 바다가 있는데. 밤은 물결을 지우는데. 이 방에는 거울이 있었고. 그러나 나는 나를 확인할 수 없어서.

봐.

곰팡이 핀 벽지로 둘러싸인 방을 서성이며. 모래알이 뒹굴고 있어. 발 아래로 모래가 밟히고. 방은 해변이 되어가면서.

죽은 꽃들을 밟으면 웃음소리가 들린다.

들어봐.

어느 고원에서의 일이다.

아버지는 어느 묘 앞에서 말했다.

"부모를 돌보는 것이,

그것이 나의 마지막 사명이며

너는 지금의 나를 이해하지 못하겠지만

너도 언젠간 나와 같이 될 것이다."

먼 거리에서도 서로를 향해 손 흔들 수 있도록

나무와 나무는 간격을 유지하고 있다.

길을 잃었다고 착각하면

더 아름다운 것,

그런 걸 볼 수 있다고 기대하며

마침내 너는

내 손목을 붙잡아

장미 밭으로 이끌었다.

"이곳 주민들은

이 수많은 산들을

거울 산이라 부른다고 하더군요. 구전되는 이야기에 따르면

　신이 만든 거대한 거울이 산을 비추고

　서로 증식한다고 하더군요.”

　그리고 입을 맞추었다.

　나는 너에게 밤과 낮의 아름다움에 대해 물었다.

　나는 너에게 불과 재의 아름다움에 대해 물었다.

　폭포 안에서 바깥을 바라보면

　유리 조각들이 반짝였고 그것이 차가웠다.

　손목이 투명해,

　그렇게 말하며 깨어나는 꿈은 현실과 얼마나 닮았는지 가늠하곤 했다.

　무엇이 더 아름다운 걸까.

봐.

창밖에 바다가 있는데. 파도를 들으려 하지 않는데.
유리가 깨지고 있군. 유리가 깨지고 있어. 유리가

조각나고 있다고,

말할 수 있었지만 그러지 않았다. 내가 두 개의 귀를
가졌다는 사실이 믿기지 않았다.

악몽에는 언제나 인파가 쏟아졌다. 그것은 기나긴 행
렬, 불규칙한 리듬이자 소음이었고

그러나 하나의 타악기처럼 들린다.

장미 밭.

장미 밭.

섬

색채 없는 밤의 해변에서. 어떻게 바다 위에 연꽃이 필 수 있어? 연꽃은 제각각 하나의 촛불을 품고 있고.

마치 바다가 타오르는 것처럼.

휘저어 봐. 너는 양팔을 자유롭게 움직이며. 어서 따라해 봐. 너의 양팔은 물결을 밀어내면서.

그러나 나의 속도는 너에게 닿지 못한다.

나는 무서워. 혹시라도 깊어질까 봐. 내가 너와 끝없이 깊어질까 봐. 나는 백사장에 앉아 있다.

무채색의 바다가 타오르는 걸 바라보면서.

바다에서 피는 연꽃. 연꽃 위에서 피는 촛불. 누가 얼마나 꽃을 사랑했기에

연못으로부터 꽃을 옮겨왔을까. 얼마나 불을 사랑했기에.

바다가 타오르고.

처음으로 바다에 연꽃을 심은 사람이 있었을 거야. 양
손으로 꽃을 들고. 맨발로 백사장까지 걸어오지.

발자국을 남기면서.

나는 네가 남긴 발자국에 발을 대어본다. 그러나 연꽃
은 바다에서 자랄 수가 없고.

그렇다면 그것은 불가능을 가능하게 하는 이야기.

혹은 네가 지어낸 이야기. 네가 나를 위해 가능성이라
는 서사를 만들고. 처음이라는 필름을 만들면서.

나는 너와 처음으로 물속에서 춤을 추면서.

나는 너와 깊어진다는 것이 믿기지 않고. 깊어진다는
것이 두려워. 막연한 공포 속에서.

두 눈을 부릅떴을 때.

우리가 어두운 병실에서 서로에게 기대어 있을까 봐.

흔들거리는 촛불을 바라보며 울고 있을까 봐.

그리고 기도가 시작된다.

우리 함께 섬에 간다면.

우리 함께 섬에 있다면.

나는 너와 함께 오래 숨을 쉬고 싶어서.

너와 숨. 둘 다 필요해서.

만 개의 밤과 낮

　우리는 다시 하지 않기로 한다. 너는 팔에 도드라진
혈관과 한 뼘의 발목, 꿈에서나 주고받을 농담처럼.

　우리 떠나자.
　나와 함께 떠나자.

　이곳에서 죽음을 앞둔 어느 노인은 전직 정원사였다.
　그의 말에 따르면 그가 평생 일했다는 마을에는 그를
상징하는 전지가위가 동상으로 세워져 있다고 했다.
　"숲은 정적입니까.
　그들은 밤과 낮을 버티고 있습니다.
　사람들은 모릅니다.
　불과 재의 노래를.

하나의 숲이 수많은 나무로 이루어진 장면을.

그들의 소란을."

이곳에서 그의 말을 의심하는 사람은 아무도 없었다.

어느 날 정원에서 그가

나뭇가지와 보호사의 손가락을 헷갈리기 전까지.

반지가 끼워진 채로.

피를 흘리면

붉은 꽃잎이 만개하고.

이제 떠나자.

저기 먼 곳으로 떠나자고.

비극이 끝나지 않는다면.

음악이 들려오는데요. 언제쯤에야 영상을 멈출 수 있습니까. 미래의 나무는 현재의 나무와 같은 형상입니까.

악몽들을 모아 문밖으로 던지는 일.

열쇠를 찾는 이들에게 다른 문을 권하고.

그들의 비극은 그들의 일. 우리는 우리 비극의 페이지를 읽으며.

나는 뱀의 꿈과 함께 태어났습니다. 나보다 먼저 태어난 꿈과 이름이 있는데. 누구는 뱀 가죽을 뒤집어쓴 내가 말을 했다고,

누구는 손목을 물었다고 하더군요. 바다는 동적입니까.

같은 물결을 반복하는 건 누구의 의지인지도 모르면서. 마음에는

숲과 바다가 공존합니다. 그들은 반복을 멈추지 않습니다. 어느 숲에서 길을 잃고 또 잃다가

결국 해변으로 쓸려오는 것입니다.

늘 모자란 햇빛. 늘 과잉된 그늘.

공전하는 피. 물결.

어지러워.

어지럽군요.

불필요한 수면.

다친 데가 없다고 말하면

온몸 구멍에서 피가 흐를 것 같아서.

그러나 우리는 다시 이별하지 않기로 한다. 이번을 마지막으로.

다시 사랑해본 적 있다는 듯이.
다시 한번 죽는다는 듯이.

떠나기 전 누구에게라도 해야 할 말이 있었다.
숲과 다투는 사람, 절벽 아래의 사체. 혹은 잠에 빠진 짐승.
이젠 어디로든 질주할 시간.

초침이 움직인다.
가위질을 하더군요.
우리 심장이. 우리 슬픔이.

꿈의 농담

악몽을 꿨어. 너는 눈물을 떨어뜨리며. 누군가가 뒷주머니에 칼을 차고 달려왔어. 내가 너를 품 안으로 당기며. 귀를 자르고 두 눈을 파내는 꿈. 나는 너의 두 눈을 만져주면서.

너의 발목은 하얗고 차갑다. 불을 떠올리면 어둠이 아닌 빛이 떠오르는데. 이중창을 뚫고 찬바람이 들어오면. 꿈 이야기를 해줄게. 너는 단상에 서서 석판에 적힌 죽은 자의 이름을 줄줄 읊었다고 했다. 마지막에는 너의 이름으로.

이번엔 네 차례야. 너는 더 많은 꿈을 바라면서. 참을 수 없을 만큼 폭발하는 서사를 들려달라고. 나는 수목한

계선을 넘어 번식하는 숲을 떠올렸다. 그 숲의 사랑을 너에게 들려주면서. 나는 이것이 거짓이라는 사실을 말하지 않고.

꿈 이야기를 해줄게. 사람을 손상시키는 직업을 가진 사람들이 물안개 속을 헤집고 다녔어. 물안개가 피로 붉게 물드는 동안 연인들은 마지막 사랑을 고백하지. 우리는 서로의 혈액 속에 숨는다. 너의 발목은 붉고 뜨거운 불이 되면서.

그러나 어느 날 우리가 물안개에 잠겨 있을 때. 너는 꿈의 장면을 현실에서 직면하고. 이제 나는 너의 목소리를 듣지 못할 거야. 입을 다물지 못하면서. 나는 너를 보지 못하고 눈으로 눈물을 흘리지 못하게 될 거야. 나는 너를 붙잡고 위로했지. 너의 귀를 감싸 쥐고. 그리고 두 눈을. 또 네가 가진 발목의 색채를 확인해주면서.

밤의 지도를 펼치고

그때 우리는 돌아오지 않을 티켓을 끊었다. 광장에는 깃발 든 사람들이 화염병을 던지며 구호를 외치고 있었다. 우리는 얼마 살지 못하고 죽을 거야. 서둘러 걸음을 옮기려는 순간 누군가가 첨탑 아래로 몸을 던졌지.

불타는 숲은 반복적으로 아름답지만 어지러워. 사방으로 재가 흩날리는데 너는 검은 눈보라가 내린다고 말했지. 호수를 바라보면 우리는 절반의 불과 절반의 물속에 잠겨 있어. 우리 얼굴이 일그러지고 있다.

우리는 숨진 동물들을 위해 꽃을 꺾었다. 두 눈에 꽃잎을 올려두는 것으로. 신을 믿지 않지만 두 손을 모을 줄 알게 되면서. 사후 세계가 있다면 그곳에서는 꽃 속에 파묻혀도 좋을 거야. 그들이 경험한 불길이 꿈속에서는 꽃밭이길 바라며.

심야 버스는 금방이라도 타이어가 빠질 듯 덜컹거리고. 나는 뒷좌석에 몸을 구겨 넣고 바라보았어. 어깨에 기대 잠든 너를. 차창으로 들어오는 미광이 너의 얼굴에 내려앉는 것을. 너의 잠꼬대를 주워 모아 메모하기도 했지. 이것이 우리의 유언장이 된다면.

내가 좋아하는 건 질병을 앓는 창문. 입김을 불면 무엇이든 그릴 수 있어서. 금방 지워지는 꿈을 그리며. 있잖아, 사라질 운명의 이름을 원하지 않았는데 우리는 왜 자꾸 절뚝이는 걸까.

검은 숲

촛불을 밝히면 너의 얼굴을 바라볼 수 있겠지만.

그러나 우리는 어둠 속에 몸을 숨기고.

사랑하는 노래를 부르지 않는 침묵이 우리를 지키는 유일한 무기.

언제라도 너의 이름을 발음하고 싶었지만.

숨을 참는다
우리는 어둠을 외면하려고

폐가는 헐벗은 사람 같아서. 우리는 조심스럽게 문을 열며. 폐가의 주인은 바람과 그림자뿐이래. 너는 신발을 벗으면서.

저게 뭐야?

그곳에 지하실이 있었지. 벙커일지도 몰라. 어느 부유한 가문의 자제나 집 잃고 유랑하는 자들이 음식을 숨겨 두었을지도 모르니까. 우리는 지하실의 문을 열고.

그러나 계단과 어둠이 너무 많아서.

성냥에 불을 붙였지만 우리의 시야는 두세 계단이 전부였다. 나는 앞에서. 너는 나의 뒤에서. 계단을

한 걸음 한 걸음

내려가면서. 폐쇄된 공간은 발소리로 가득 찬다. 지하실까지 가는 계단은 길고 길었는데.

우리, 무슨 말이라도 좀 할까?

벽 위에서 너의 그림자가 녹아내리고 있었다. 너는 말한다. 내가 널 만나기까지의 이야기를 들려줄게.

너의 그림자는 입을 열기 시작하면서.

"나는 달렸어. 그곳을 탈출해야 했으니까. 땅을 딛고 있으면 무조건 달려야 했지. 그것이 나의 일상이자 유일한 게임이었어.

때때로 수많은 덫과 경쟁자들이 나를 방해했고 누군가는 달리는 자들의 지혜를 테스트하려 했지. 아무것도 모르는 아이들은 달리다가 넘어지고, 다시 일어나서 달리고, 또 넘어지면서……

그 레이스에서 가장 먼저 낙오되는 건 아이들이었지.

넘어지는 아이들은 자신의 운명도 모르고 그저 "서운해요"라고 말하더라고. 그들은 울지도 않았어. 달리는 동안 아이들의 서운하다는 그 말이 머릿속에서 지워지지 않았지. 그게 이상하고 이상하게 슬퍼서.

나는 달리는 사람. 그곳을 탈출해야 하는 사람. 그런데 내가 도달하려는 곳은 어디지? 덫과 경쟁자들을 피하면서. 낙오되는 아이들을 외면하면서까지 내가 가려는 곳은 어디인 거야?

모르겠어. 그저 살고 싶다는 생각뿐. 나는 그저 살려고 했어.

쓰러진 아이들을 지나가면서

알 수 없는 곳으로 달려갔어.

적어도 나만큼은 서운한 마음을 가지지 않으려고."

그러나 우리는 여전히 지하실로 향하는 계단을 걷고 있다. 우리가 도대체 얼마나 걸은 걸까. 성냥은 몇 개나 남은 거지?

그리고 우리 앞에 거대한 문이 서 있었다.

……지금 여기가 몇 층이지?

나는 너의 손을 붙잡은 채 뒤돌아 달렸다. 지하실을…… 열면 안 되는 것이라는 불안이 우리를 집어 삼켰기 때문에.

너는 문틈으로 죽은 인간이 고기처럼 쌓여 있는 걸 보았다고 하는데.

폐가를 나서자 폭설이었다.

숨을 멈추면 우리의 공포가 끝나겠지만 숨을 쉬어도 다를 게 없어서.

세계의 끝에서 우리는

　우리가 그곳으로 향할 때. 끝나지 않는 눈길을 걸으며. 어떤 빛을 발견하기 위해. 나는 생각했어. 우리에겐 집이 필요해. 낙하산과 에어백, 혹은 울타리라는 이름의 노래와 발목에 묶을 밧줄. 나는 누군가의 마음으로 추락하는 게 사랑이라고 믿었는데. 네가 남긴 발자국을 따라 걸으며 눈의 비명을 들었다. 우리는 하얗게 질리도록 걸었지. 숨쉴 수 있거나 숨을 수 있는 곳으로. 지평선을 향해 점으로 작아지면서. 무한해. 지평선은 닿을 수 없이 멀어지고. 우리는 무한한 발자국을 남기고 눈보라는 우리의 발자국을 지우잖아. 너의 입김은 어느 설국에서 부르는 노래 같다는 생각을 하면서. 이야기를 들려줄게. 너를 만나기 전의 일. 그러니까 내가 지금보다 작고 작은 영혼이었을 때. 그때 나의 마음은 그저 투명했다는 생각. 물을 만지면 푸른색에 잠기고 꽃밭을 걸으며 총천연색으로 물들기도 했지. 지금은 마음을 잘라 단면을 살펴보아도 핏빛이다. 그때 꾸었던 꿈과 지금의 꿈은 왜 다른 걸까. 무엇이 우리를 이렇게. 듣고 있어? 우리가 그곳에 도착할 때. 그곳에는 집, 낙하산과 에어백, 울타리라는 이름의 노래와 발목에 묶을 밧줄조차 없을지라도. 표현할 수 없는 공허. 혹은 세상에서 가장 커다란 불. 갈증을 삼키려 퍼먹던 한 주먹의 눈. 다른 이야기를 들려줄게. 듣고 있어? 아직 잠들기 이른 시간이야. 너는 두 눈을 옆으로 길게 찢으며. 웃었지. 나는 너의 어깨를 흔들었다. 나의 이야기를 들어야 한다. 두 눈을 감지 말라고.

백색 소음

어디서든 발작하는 당신은 펭귄처럼 쓰러졌습니다.

뒤집히는 흰자로 남극이 길게 펼쳐지는데.

당신은 말한다. 오로라가 보인다고. 오로라가 자신을 죽이려 한다고.

환각을 보고 있습니까? 날지 못하는 조류가 날갯짓하며 발작 중입니다.

목을 졸라 죽여 달라는 당신의 목소리가

머릿속으로 하얗게 번져옵니다. 그저 죽음을 원하는 겁니까.

아니면 하늘을 날지 못하므로 익사를 원하는 겁니까.

당신의 목을 조심스럽게 감싸 쥐면 나의 손가락 하나하나는

바다로 물들어갑니다. 물의 손아귀로는 아무도 죽일

수 없어요. 나는 당신을 죽일 수 없지.

　당신이 초점 없는 눈으로 발작을 계속하고.

　차라리 당신 대신 내가 발작하길 바라면서. 나는 당신의 헐떡거리는 숨소리가 듣기 싫어서. 그래서

　당신의 목이 사라지는 마술을 떠올렸어. 죽은 당신 옆에서 내가 헐떡이는 상상을 한다. 나는 당신의 숨소리로 귀를 잃고

　당신은 발작으로 목을 잃은 겁니까? 당신의 신음 사이로

　붉은 오로라가 흘러나옵니다. 소매에 핏자국이 묻는데요. 아직 해가 저물지 않았나 봐요.

　왜 우리는 아무도 모르는 시간에만 고통스러울 수 없는 걸까요.

어째서 죽음과 소음은 중간부터 시작되는지 모르겠
습니다.

당신의 입김은 흰색으로 흩어지고……

당신도 내 목소리가 하얗게 들리나요. 창백해진 소리
를 옮기면서.

여기가 관이 될 수 없으니 조금 더 신음하세요.

새는 불시착하면서 날개가 꺾이잖아요. 당신이 비행
하던

통증의 높이는 언제쯤 낮아질 수 있을까요. 추위 속에
서 당신의 백색을 간호합니다.

소음을 듣습니다. 참을 수 없는 것들은 모두 흰색이었
습니다.

장마

지난날에 대해 기억하자면 좁은 방 안에 비가 내리는 나날이었다. 나는 네가 앓는 병의 이력이 적힌 쪽지를 모두 종이배로 접었다. 떠내려가지. 지금의 우리처럼. 그때의 시간처럼.

새벽보다 어두운 기후가 계속되는 한낮이었다. 서로의 상한 머리칼을 잘라주며 우리는 간결해졌지. 창문을 한 뼘만큼 열어놓으면 어느 먼 지역에서 날아왔을 눅눅한 바람이 우리 사이에서 진동했다.

아픈 것들은 모두 반짝일 수 있다고 믿어서. 찢어진 벽지마다 형광별을 붙이며. 우리가 꿈꾸는 건 위험한 속도로 녹는 눈, 조각난 먹구름 사이 찰나의 햇빛, 고인 빗

물에 비춰지는 하늘 같은 것.

　그러나 병을 감당하려 신음할 때 눈 감은 네가 어느 해변을 떠올리고 있는지 나는 모른다. 그 해변은 어느 기후 속에서 빛나고 있는지 나는 모른다. 그런 너를 바라보는 나의 마음을 네가 모르는 것처럼.

　나의 마음이 어느 진흙 구덩이를 구를 때에도 너는 오른편에 서서 걷는 사람. 무슨 생각했어? 네가 물었고. 지난 밤 꿈에 대해 생각했어. 내가 대답하면. 그곳 날씨는 어땠어? 네가 다시 물었지.

　빛도 희망도 보이지 않는 나날 속에서. 하지만 저 구

름 뒤편으로 빛이 존재한다는 걸 알고 있는 나날 속에
서. 우리는 조금 웃었고 많이 울었지만.

   잠들 때마다 경련하는 너의 팔다리를 주무르며. 지금
생각해보면 우리가 숨죽여 울던 울음은 한밤의 음악이
되었을까. 창밖으로 쏟아지는 빗소리가 되었을지도. 어
떤 꿈속에서 우리는 해변에 누워 파도 소리를 듣는다.

   어느 밤이면 나는 꼼짝없이 무너졌으나 다시 쌓아올
리지 않았다. 발작하는 너의 잠을 다시 노래하다가. 해
변 위에서 빛나는 모래알. 어둠 속에서 너의 눈물이 반
짝이는 걸 보았지.

그럼에도 종이배는 어디로도 출항하지 않았다. 우리
의 발치에 걸린 종이배들이 침몰하는데 너의 병은 가벼
워지지 않고. 너는 몸을 씻으며 물소리에 울음을 숨긴
다. 우리의 방은 자꾸 젖고 잠기며 벽지가 찢어지는데.

지난 꿈속에서 너에게 도달하기 위해 몇 개의 바다를
건너 이곳에 도달했는지 너는 모른다. 손을 마주잡을 때
마다 부서지는 나를 너는 모른다. 물결과 부딪히는 백사
장. 나의 손가락은 너의 손등을 덮으면서.

암전

다음엔 새가 되고 싶어. 너는 말했다. 새가 되면 가장 높은 나무만 골라 앉을 거야. 흔들리는 나무를 찾아오면 나를 만날 수 있도록. 저 멀리 숲길을 걷는 아이들이 보였다. 문득 비가 쏟아지면 좋겠다고 생각했다. 그러나 너는 말했다. 너는 불이 되어야 해. 불이 되어서 가장 높은 나무만 골라 태워야 해. 내가 널 찾지 못하도록. 우리는 그렇게 하기로 합의했다. 꿈에서 나는 타오르고 있었다. 불 속으로 날아드는 새가 보였다.

천사가 외면한 죽음에게

해변에 꽃나무를 심는 사람이 있지.

그리고 미래의 네가 죽는 꿈에서 깨어났다.

나의 꿈을 관람한 관객들이 극장을 빠져나갔다.

너는 꽃다발을 한 아름 품에 안고 있었지.

*

늦더위가 시작되는 어느 과거. 우리는 내가 태어난 마을을 함께 찾아갔다.

너는 이곳에서 우리가 봐야 할 것이 있다고 말했고.

이 호수에는 신비로운 설화가 있어.

우리는 호수를 세 바퀴 걸으며 영원을 약속하려 했지만 호수는 끝이 보이지 않았다.

돌을 던지면 번지는 파문.

우리는 파문의 문양을 호수의 심장이라 이해했는데.

그때 그 선술집, 괜찮았지?

주인도 친절했잖아. 처음에는 매부리코와 진한 눈썹을 보곤 풀이 죽었지만.

그는 한입 크기의 감자칩과 핑거푸드를 집 잃은 자들에게 나눠주는 사람.

뜻밖의 다정함 속에서. 우리의 이부자리를 챙겨주었지.

쿠키 맛은 어땠어?

우리 고향의 명물이야. 모두 우리 땅에서 자란 작물로
구웠지.

우리는 골목마다 유명한 상점 다섯 군데에서 모든 쿠
키를 구입했다. 밤새도록 어금니로 씹었다.

종이봉투 구겨지는 소리.

*

이것은 어느 병실에서 시작되는 꿈.

나는 늙은 너의 심장이 아직 뛰고 있는지

기계를 통해 확인할 수 있었습니다.

이마가 차갑더군요.

팔다리를 주무르고

이불을 끌어 올리고

나는 너의 이마,

그곳에 손을 얹었지요.

그게 너의 이마를 처음 만진 순간이더군요.

병실을 빠져나온 그날

아이들은 죽은 새와 함께 놀고 있었습니다.

어느 날의 캐치볼처럼.

붉은 손으로 죽은 새를 주고받는 장면을

나는 멍하니 바라보았습니다.

병원 옥상에는 중절모가 있었습니다.

중절모 아래로 입술이 열리더군요.

"저 작은 새에게도 심장이 있다니."

어린 아이는 내게 물었습니다.

"천사는 존재하는 것이지요?"

"맞아. 너도 언젠가 그랬던 적 있었지."

*

"우리가 꼭 봐야 할 것이 있어." 너는 말했다.

검은 옷 둘.

흰 꽃 파란 꽃.

과일 두 종류.

아, 그래. 술도 사가야지.

도심을 벗어나 교외로.

점점 먼 곳으로.

공중묘원.

천천히 다녀오세요. 여기서 기다릴게요. 택시운전사
가 담배를 꺼내 물고.

우리는 수많은 무덤 중 하나의 무덤으로.

*

이것은 어느 무덤 곁에서 시작되는 꿈.

늙은 네가 이 무덤의 주인이 누구냐고 물었을 때

나는 혁명가의 무덤이라 대답했죠.

너는 혁명가가 무엇이냐고 되묻더군요. '혁명가'의 의
미를 모두 잊은 듯하더군요.

나는 어떻게 설명해야 될지 몰라

결국 얼버무리고 말았습니다.

"이건 왕의 무덤이에요."

"왕의 무덤이구나." 늙은 네가 말했습니다.

"맞아요. 여기에 왕이 묻혀 있어요."

그러자 너는

그런 것을 처음 본다는 듯이.

두 눈이 멀어도 좋다는 듯이 비틀거리며.

쏟아지는 여름의 빛 속에서

자꾸 중얼거렸습니다.

이것이 왕의 무덤이구나……

이 밑에 왕이 묻혀 있다고……

*

늦은 새벽까지 관객들이 줄 지어 빈소를 찾아왔다. 영정사진 속에서 너는 환하게 웃고 있는데 눈물을 흘리는 사람들.

제단에는 수많은 꽃.

"죽으면 꽃밭에 가는 건가요?"

"맞아. 우리도 붉은 꽃잎을 뒤집어쓰고 태어났지."

늦더위가 쏟아지는 그날.

과일과 술을 올려놓고.

무덤보다 병든 네가 꽃을 꽂아 넣었다. 우리는 녹슨
택시를 타고. 공중묘원을 빠져나갔지.

그리고 미래의 네가 죽는 꿈을 꾸었다.

나의 다음 꿈을 관람할 관객들이 극장에 들어오고 있
었다.

나는 재가 된 너를 한 아름 품에 안고 있었지.

소극장

그날의 마지막 장면은 방아쇠를 당기는 것으로 끝나고.

그리고 암전.

서랍에는 수많은 일기장. 일기장에는 수많은 나. 내가 나를 되감아보면서.

안녕.

거짓말을 거짓말로 덮는 아이야.

분노가 치밀 때면 맨주먹으로 벽을 내리치는.

검은 피. 검은 밤. 검은 마음.

나빠질수록 멋있어진다고 믿는

아이야.

비 오는 날, 아이는 길가에 버려진

자전거 타고 폐달을 밟았다. 벗어나고자. 그러나 무엇
으로부터. 부러진 브레이크를 쥐고.

폭우 속에서 엉엉 울었다.

자전거는 눈물을 옮기고. 빗물은 울음을 옮기면서.

짙게. 더 짙게. 알 수 없는 곳으로

자전거는 굴러 갔다.

육안으로 확인하지 않아도

초침은 하염없이 돌아가지요. 슬퍼. 나는 그것이 슬퍼
서 울었던 거야.

떠내려갔기 때문에. 자전거는 굴러갑니다. 나는 자꾸
휩쓸리고.

슬펐습니다. 내가 변한다는 것이.

그 방향이 밑이라서.

"미안해."

장례를 치르는 친구를 위로했습니다. 내가 그의 어머니를 죽인 것도 아니면서.

미안해.

무엇이 미안한지도 모르면서.

대신 미안해하면

친구가 눈물을 멈출까 봐.

늦은 새벽. 거리에서 잠든 취객.

나와 친구는 그를 부축하는 척하며. 이곳저곳 주머니

를 뒤지면서.

코트 깊숙한 곳에서 피 묻은 식칼을 발견했을 때.

어떡해?

이걸 어떻게 해야 하는 거야?

눈을 마주치고 추위에 덜덜 떨었다.

그리고

우리는 사이좋게 손목을 그었다.

"우리 친구 맞지?"

밤의 교정에는 몇 명의 아이들이 있다.

"친구라면 날 위해 해줄 수 있지?"

아이들은 고개를 끄덕거리면서.

화단에서 커다란 돌을 주워 모아

창문을 향해 던졌다. 우리는 다짐한 것처럼.

더 더 나빠지기로.

폭죽이 터지기 시작한다.

성장하지 않는 우리의 마음속에서.

성장하는 우리의 슬픔 속에서.

좁은 원룸에는 망가뜨릴 게 없어서. 하나의 담배를 돌려 피우며. 병을 비우고 깨뜨리며.

우리는 우리를 망가뜨린다. 깨진 조각으로 피가 묻는데.

서로의 몸을 그어주며.

함께 웃으며.

언젠가 멈춰야 할 거야.

뒤돌아보지 않고.

때가 되면 우리는 멀리 나아가야 해서. 사이드미러를 걷어차며. 그때는 뒤돌아보지 말자고.

그러나 우리의 폭죽이 더는 터지지 않는다면.

그날의 첫 장면은 흐느끼는 누군가의 음성으로 시작하고.

그리고 조명.

안녕. 마음이 끝나버린 아이야.

더 이상 나빠질 수 없을 만큼 나빠져버린

아이야.

직접 죽어보지 않아도

세계는 하염없이 돌아가지요. 알고 있습니다. 그것을 잘 알고 있어서.

보다 큰 슬픔. 보다 작은 마음.

세계라는 무대에 신 역할을 맡은 배우가 걸어 나온다. 심판도 없이. 용서도 없이.

관객을 관조하더군요.

스크린 속 스크린 속 스크린 속 나를 보고 싶었다.

징그럽다. 나의 손등 위에는 파란 핏줄.

Behind The Scenes

밤이 지나간다. 두 발이 잘린 채로. 이것으로 누군가가 살의를 감추었다면.

폭죽에 불을 붙인 이유를 여름에서 찾을 때.

우리는 공터에 서 있었다. 귀에서 흐르는 피를 문지르며. 이걸로 끝이 났구나. 남은 손으로 각목을 움켜쥐고.

자신을 소년이라 부르는 소년은 없었다. 무슨 생각해. 무슨 생각하냐고. 숨을 참고 부푸는 표정을 바라본다.

등 뒤로 감춘 너의 손은 무엇을 쥐고 있을까.

오늘도 사냥에 실패한 짐승은 절뚝거린다. 밤이 지나간다. 네 발이 잘린 채로.

누군가는 이 어둠으로 슬픔을 감추지 못했다면. 나는 표정을 지우려 애쓰고 있었다.

무대를 향해 박수가 쏟아질 때.

불과 재

너무 많은 춤이 문제였을까요.

아니면 밤마다 부르던 노래는 괜찮았을까요.

창을 열어두고 새소리를 듣던 건?

나는 몰라요. 모르는 사람은 슬픕니다.

너는 좋은 꿈을 꾸고 일어나면 그림으로 기록했고

나쁜 꿈을 꾸고 일어나면 나를 찾았습니다.

이 세계 어딘가에서 우리와 반대인 연인이 있으면 어땠을까요. 종종 네가 되어 병을 앓는 꿈을 꿉니다.

슬프다. 슬프다. 아무리 중얼거려도 이 단어는 충분히 슬프지 않아서

한 번도 가져본 적 없는 큰 슬픔에 대해 생각했어요. 너의 이름을 붙이려고.

꿈에서는 끝없이 장작 패는 남자를 바라보았습니다.

남자는 숲을 전부 베어버린 뒤 끝내

자신의 팔을 베어버리는 게 목적이라 하더군요. 그가 목적을 이룰 수 있을지

나는 몰라요. 모르는 사람은 슬픕니다.

겨울 산, 지금 나는 그곳에 있습니다.

우리, 그때 참 아름다웠는데.

그곳에서 네가 완성하지 못한 그림을 내가 그릴 예정입니다.

병들어 죽었거나 병들었거나 병들 예정인…… 그러나 나도 사람을 그리지 않아요.

며칠 전에는 부고가 날아들던데요. 조금 웃었습니다. 네가 없으니 의미 있는 죽음과 의미 없는 죽음의 기준에 대해 생각해버려서.

큰 슬픔과 작은 슬픔.

우린 누구의 사랑이 더 거대한지에 대한 유치한 게임을 하곤 했는데.

매번 서로가 이겼다고 우기며 게임이 끝났잖아요. 이제 와서 내가 패배했어요. 그냥 그렇게

패배했습니다. 어떻게 패배했는지

나는 몰라요. 모르는 사람은 슬픕니다.

이제부터 죽음이 시작된다.

드디어 내가 가야할 곳이 보이더군요. 병들거나 병들 예정인 자들이 불과 재로 변할 곳.

모두 너 때문입니다. 물론 이건 장난이에요.

너는 작은 장난에도 크게 놀라곤 했으니까. 작은 소란에도 쓰러지고

작은 슬픔에도 몸을 끌어안고 우는 사람이었잖아요.

매일 밤 너의 캔버스 속에 갇히는 꿈.

불과 재의 노래를 듣습니다.

숲의 소란을 바라봅니다.

창문이 흔들린다.

창문이 흔들린다.

폭죽이 터지나요.

이 세계는 여전한데요.

아마도 나는 보호가 필요합니다.

영원한 빛

커튼을 걷자 빛이 쏟아지고. 죽은 네가 침대에 잠들어 있다면.

흰빛이고 아침이고 지금은 하루의 처음이구나.

햇빛의 질감 같은 것이 쏟아지면. 좀 더 자야겠어. 너는 졸린 눈가를 비비고.

커튼 뒤의 세계가 낯설고 눈앞에 네가 잠들어 있어서. 이곳은 어디일까. 숨이 막히는데.

어떤 방식으로 빛이 발생하는지도 모르면서.

잠든 너의 모서리를 쓰다듬었다. 도무지 믿어지지 않았다.

커튼콜

울음을 사랑하기로 결심한다.

다음에 봐,

손을 흔들고

서로의 뒤통수를 보여준다면.

눈물을 얼굴의 장신구라 부른다면.

걸음마다 화원이 무더기로 시든다면.

어느 새가 무리에서 이탈할 때.

이별과 작별의 차이를

이해할 수 없다면.

나는 뒤돌아보지 않는 장면에 실패한다.

그러나 우리가 서로를 부르지 않는다면.

시인노트

시 쓰다 보면 꼭 듣는 질문이 있다.

시를 무엇이라고 생각하느냐고.

사실 나는 별생각 없다. 시를 신성하게 여기고 싶지
않았지만

그렇다고 아무것도 아닌 것으로 여기고 싶지도 않았
다.

나는 대답했다. 시는 게임 같다고.

아무도 나에게 관심 갖지 않는,

그러나 혼자 재미있게 할 수 있는,

그런 게임 같다고 했다. 여러 번 말했다.

어느 날에도 질문을 받았다.

시를 무엇이라고 생각하느냐고.

요즘 사람들은 시를 무용하다 생각한다고.

이상하게도 나는 대답을 오래 고민했다.

그날따라 유독 우울했었나?

시가 무용하다는 생각에 동의를 하고 싶지 않아서였나?

잘 모르겠다. 나는 고민하다가

"혼자 추는 춤"이라고 대답했다.

혼자 추는 춤.

그런데 나는 춤을 출 때마다 항상 누군가와 함께였다.

시인
에세이

세계의 끝에서 영원할 수 있다면

오래전, 그를 처음 만났을 때 그는 내게 말했다. "내 생각엔 우린 좋은 친구가 될 것 같아요. 어때요?"

좋아요, 예의상으로 한 대답이었다.

그리고 지금 나는 그와 좋은 친구가 되었다.

그는 나와 너무 다른 사람이다. 차이점이 많다고 친밀감이 형성되지 않는 건 아니지만. 달라도 너무 달라서. 아마 나와 정반대인 영혼이 있다면 그가 아닐까 생각했다.

그는 우리의 차이점에 대해 다음과 같이 정리했다.

1. 그의 주식은 샐러드다.

2. 그는 술을 즐겨하지 않는다.

3. 그는 산책을 좋아한다.

4. 그는 감정 기복이 크다.

5. 그는 몸이 아프다.

6. 그는 문학을 좋아하지 않는다.

7. 그는 영화를 좋아하지 않는다(기괴한 장면은 더더욱. 특히 호러).

8. 그는 디즈니 애니메이션을 좋아한다.

9. 그는 디저트를 좋아한다.

10. 그는 이기적인 성격이다.

나는 천천히 읽고 난 뒤 그에게 말했다. "5번은 친밀감과 무슨 상관이에요? 그리고 10번은 꼭 그렇지 않은데……"

"아니에요. 그게 가장 결정적인 차이에요."

나는 납득할 수 없어서 우리의 차이점에 대해 다음과 같이 정리했다.

1. 나의 주식은 인스턴트다.

2. 나는 술을 즐겨한다.

3. 나는 누워 있기를 좋아한다.

4. 나는 감정 기복이 적다.

5. 나는 몸이 건강하다(그는 이 부분에 대해 이의를 제기했다).

6. 나는 문학을 좋아한다.

7. 나는 영화를 좋아한다(본 영화를 또 보는 걸 더더욱. 특히 호러).

8. 나는 디즈니 애니메이션을 좋아하지 않는다.

9. 나는 디저트를 좋아하지 않는다.

10. 나는 이타적인 성격이 아니다.

"어때요?" 내가 물으니 그는 "납득할 수 없어요"라고 말한다.

사실 내가 그와 친해질 수 없다고 생각한 이유는 우리가 달라서가 아니다. 나는 낯선 사람과 일정 거리 이상 친해지지 않고 거리를 두기 때문이다.

그러나 우리는 어렵지 않게 친해졌고 며칠을 함께 보내기도 했다. 2019년 8월 9일도 함께 보낸 것을 기억한다. "오늘 제가 태어난 지 10,000일째 되는 날이에요."

"10,000일인지 어떻게 알았어요? 그런 걸 세는 사람도 있어요?"

나도 내가 어떻게 알게 되었는지 기억나지 않는다.

그는 잠에서 깨어나면 노트에 그림을 그린다. 좋은 꿈을 꾸고 나면 그렇다. 그러나 함께 밤을 보내는 동안 그는 울면서 깨어나거나 내가 깨어나면 이미 울고 있을 때가 많았다. 이유를 물어보면 그는 항상 그냥, 이라고 말한다.

그냥.

나는 이제 이유를 묻지 않는다. 그냥 위로한다.

'납득할 수 없는 차이점에 대한 10가지 리스트' 중 5번에 의하면 그는 몸이 좋지 않다. 그는 자주 자신이 이미 죽은 듯이 말한다. 그걸 들으면 슬프다.

그는 가끔 이미 세계가 망가졌다는 듯이 말한다. 처음에는 그의 말이 비약으로 들렸는데 요즘은 하나의 메타포로 들린다.

그가 말한 '세계'는 '그의 세계'일 것이다. 어쩌면 내가 포함된.

나는 그와 시간을 보내는 동안 인스턴트를 먹지 않았고, 술을 적게 마셨으며, 많은 거리를 걸었다. 누워 있는 시간이 줄었고 보지 못하던 것을 경험하기 시작했다. 이제 나는 샐러드를 매우 맛있게 먹는다.

새로운 경험을 하나 하면 새로운 생각이 적어도 두 개는 떠오른다.

"시 썼는데 읽어볼래요?" 그는 시를 잘 모른다고 하

면서도 매번 "그래요" 하고 읽는다.

이 책에 수록된 시들은 모두 그가 첫 독자였다. 그는 좋다, 나쁘다, 와 같이 말하지 않는다. 우울하다, 슬프다, 재미있다, 이런 식이다.

그 감상들은 도움이 되었다.

그는 나에게 영화 스토리를 듣는 걸 좋아한다. 그가 볼 수 없는 장르의 영화 스토리를. 나는 내가 느낀 느낌을 설명하는 데에 애를 먹는다.

그는 나의 고민을 듣는 걸 좋아한다. 시에 대한 고민을. 그는 대부분 듣기만 한다. 가끔 그의 방식대로 대답을 해준다.

그 대답들은 도움이 되었다.

이 책에 수록된 시들은 몇 편을 제외하고는 발표도 하지 않고 그에게만 보여주었다. 왜 그랬냐고 묻는다면

그냥,

이라고 말할 것 같다. 그냥 그렇게 해야 할 것 같았다.

나는 그냥, 이라는 말을 좋아한다. 무언가를 싫어하는 데에는 이유가 분명한데 좋아하는 데에는 이유가 불분명할 때가 많다. 그럴 때는 그냥, 이라고 말하면 기분이

나아진다.

불분명함을 느낄 때마다 나는 내가 살아 있다는 것이 새롭게 느껴진다. 내가 손을 움직일 줄 알기 때문에 글을 쓰고, 팔을 움직일 줄 알기 때문에 밥을 먹고, 발을 움직일 줄 알기 때문에 춤을 추고, 그리고 심장이 뛰기 때문에 살아 있고…… 단지 이것의 총체가 나라는 게 아니라는 생각. 분명 불분명한 다른 이유로 살아 있는 게 아닐까 하는 신비가 시작된다.

아마도 그는 나의 친구로 영원히 머물지 못할 것이다. 그때가 되면 나는 혼자 거리를 걸으면서, 혼자 새로운 걸 경험하고, 디즈니 애니메이션을 보며 샐러드를 먹을지도 모른다. 그때쯤이면 디저트도 즐길 줄 알게 될 것이다.

그는 내가 이타적인 사람이라고 말한다. 나는 내가 남을 배려하는 이유는 나를 위해서라고 했다. 그래야 내 마음이 편하다. 나 편하자고 하는 일이라고. 내가 제일 이기적이다.

먼 우주에서 누군가가 현미경으로 인간을 들여다본다면 모두가 아픈 상태일 것이다. 나도 아프다. 그런데 나보다 병든 그가 나를 많이 치유했다.

그는 내가 아는 사람 중 가장 이타적이다. 가끔은 불필요할 정도로. 그리고 그걸 그에게 말해주었다.

그는 믿지 않는다. 길게 적었지만 결국에는

그냥

그에게 고맙다는 말을 하고 싶다.

사실 이미 했다. 자주.

그와 함께 소리 내어 이 책을 읽고 싶다.

오랫동안 그의 세계가 망가지지 않았으면 좋겠다. 어쩌면 내가 포함된.

해설

거울과 미장센

신수진 (문학평론가)

1. 세계·끝·우리

세계의 끝에서 우리는. 제목이 사뭇 비장하다. 총체적이고 궁극적인 포괄성으로서 '세계'라는 단어가 들어간 시집들이 한동안 출현했다는 것, 더불어 비극적이고 허무하지만 가상성으로서 '끝'이 설정되었다는 것, 마지막으로 너와 나를 통합한 '우리'라는 절대적 자의식이 등장한다는 것은 낯익은 경향을 반영하는 동시에 양안다 고유의 정서를 출력한다.

시 속에는 화자인 '나'가 등장한다. '나'의 모든 세계를 잠식하는 것은 오직 밤과 낮처럼 혹은 쌍둥이처럼

'나'와 한 몸인 '너'뿐이다. 양안다의 시에서는 '나'와 '너'만이 이 세계의 운명처럼 잔류한다. '나'는 안정된 생활이나 균형적 사고 또는 계획성이나 생산적 상호작용능력을 갖지 않는다는 측면에서 미성년 주체에 가깝다. 오직 사랑의 감정이 세계의 전부로 등치 되는 이 명제의 극단성은 양안다 시를 이해하기 위한 전제가 된다.

디스토피아를 방불케 하는 세계의 실상은 '나'에게 악몽처럼 되풀이된다. 그러나 세계가 왜 그러한 비극에 처했는가에 대한 개연성이나 구조적 이해는 고려되지 않는다. '나'는 "세계가 망가지는 건 우리와 무관한 일"(「영원한 밤」)이라고 공공연히 발설할 따름이다. 들뢰즈의 깨진 보도블록처럼 세계의 참상은 주인공의 순정을 위한 필요조건처럼 보일 뿐이다. 시에서 전쟁, 기아, 재해 등을 연상시키는 사태들이 묘사되어 있긴 하지만 그것은 결코 구체화되거나 전경화 되지 않기에 인위적인 이미지, 예컨대 게임 스토리 같은 느낌을 준다.

세계·끝·우리라는 요소들로 구축된 양안다의 시는 거대서사의 징후를 보이고 있지만 결코 중대한 문제에 직면하거나 특정 사건을 발생시키지 않는다는 점에서 차이가 있다. 무력한 '나'는 세계와의 싸움도 화해도 하지 않기 때문에 역사를 횡단하는 존재로서의 좌표는 완전히 휘발되어버리고 주인공의 비대해진 감수성과 독백만이 나타난다. 세계의 붕괴에도 불구하고 아무런 일도 일어나지 않는 이 정황 속에서 시뮬라크르들의 무한 증식만이 시인의 골방을 이루고 있는 것이다.

자의식의 피력을 위해 의도적으로 사회를 누락시키고 있는 이 구도는 고립·위기·사랑이라는 항목들로 세계 전체를 불가능성으로 점철시키는 허구적인 고안물로서 일련번호처럼 제작되고 계승된다. 그렇다면 세계·끝·우리를 경유하는 양안다의 불가능성은 어떤 기제 속에서 발명되고 있는지 살펴보자.

2. 밤으로의 초대장, 판단 불능 상태의 외화로서 전시되는 공포

이 시집은 「초대장」으로 시작해 「커튼콜」로 끝난다. 「초대장」은 양안다의 세계로 진입하기 위한 통과 의례적 기능을 수행하는 입사시로서 시인의 내면을 읽어낼 수 있을 만한 표지들이 등장한다. 여기에는 밤과 낮조차 인간이라고 생각할 만큼 모든 것을 인간으로 생각하는 시인의 인간화, 즉 감정화가 있다.

"누가 먼저 태어났는지 알 수 없"는 밤과 낮, 새벽과 저녁을 "구분할 수 없는 시간", "엉켜버린 꿈"과 현실, "시작과 끝을 알 수 없"는 마음처럼, '나'와 '너'는 분간되지 않는다. 내가 나를 객관적으로 판단할 수 없듯 '나'는 '너'이고 '너'는 '나'이기 때문이다. 세계가 망가지는 꿈은 '너' 때문에 시작되는 것인지, 그런 '너'를 영영 알지 못하는 '나'로 인해 시작되는 것인지 알 수 없다. 다만 세계의 전부인 '너', 그리고 '너'가 되어버린 '나', 이 모든 것들이 불시착하고 있다는 것만 알 수 있을 뿐이다.

창문이 흔들리면 폭약 터지는 소리가 들렸다.

무서워. 너는 나의 손목을 붙잡고 말한다. 이젠 아무 것도 알 수 없어졌어. 잠들면 눈을 뜨지 못할까 봐.

나는 방에서 한 발자국도 나가지 않았고.

창문이 흔들린다.

너는 말한다. 노동자들이 첫 번째였어. 그리고 너는

수많은 톱니바퀴가 맞물려 쉴 새 없이 돌아가는 장면
에 대해 묘사했다. 아름다웠어?

아름다웠어.

—「애프터월드」부분

결국 알 수 있는 것은 아무것도 없다는 이 서늘한 자
각은 연쇄적인 공포감으로 전이된다. 네가 나의 손목을
붙잡고 무섭다고 말할 때 공포의 진원지는 창문을 흔드
는 폭약 소리 때문이 아니다. 그것은 알 수 없는 대상으
로서의 세계 그리고 '나'와 '너'에 대한 존재론적인 두려
움에서 기인한다. 그래서 이 전시 상황은 시대나 지역을
알 수 없으며 판단 불능의 상태로 전락해버린 '나'의 실
상을 보여주는 외화로서 전시된다.

'너'는 "노동자들이 첫 번째"였고, "수많은 톱니바퀴
가 맞물려" 돌아가는 장면이 아름다웠으며, "공장에서
도망치는 자본가들"을 목도했음을 고백한다. 다음은
"부상당한 아이들", 그리고 "굶주린 노인들", 이후의 순
서는 무의미하다는 말은 "세계는 침묵하고 있습니다"
라고 하는 리포터의 말과 동일선상에서 '나'의 죄의식

을 반영한다.

피 엉킨 공구와 우산들이 나부끼는 죽음의 거리에 벌레들만 꼬이는 이 도시는 채플린의 〈모던 타임즈〉나 카프카의 『변신』으로부터 온 이미지에 불과할지라도 '나'가 지닌 부정의의 기준과 불편한 진실을 증거한다. 경제적 불평등이라는 저 까마득한 계단의 공포, 지상과 지하의 경계만이 뚜렷해질 뿐 인간과 비인간의 경계는 흐릿해져 가는 속에서 인간은 자신의 생존을 무엇으로 타전해야 하는지 생각하게 한다.

그러나 세계 이후를 그려놓은 이 지옥도에서 양안다는 판단 불능과 부정의로부터 발로한 공포, 죄의식, 슬픔, 혼돈, 불안의 감정들을 "나는 방에서 침묵하는 사람. 마음에는 거대한 폭죽."이라는 말로 소진하고 만다. 죽음이 난무하는 상황에도 불구하고 '나'는 창문이 흔들리고 있다는 것을 반복적으로 언급하며 그것이 아름다웠는지 생각해볼 뿐이다. 부정적 현실과 그 현실에 대응하는 자세는 어딘가 괴리감을 준다.

시인은 일관되게 세계는 끝장난 곳이라고 생각한다. 어떤 아이는 백 년 전의 전쟁에 대해서 말하고 어떤 아이는 오늘날의 전쟁에 대해서 말한다. 끊이지 않는 총성 속에서 죽어간 시체들은 그것이 "우리 중 누구"(「피와철」)인지 구분할 수 없게 했고, 살아 있는 동안 우리의 피에서는 "녹슨 칼"과 "탄약 냄새"가 난다. 피와 철의 관계를 통해 원죄와 같은 악의 고리를 우화처럼 보여주는 이곳은 조금도 정의롭거나 진실한 세계가 아니며 끔찍한 폭력과 거짓과 죽음이 자행되는 곳이다.

3. 내화의 프레임과 존재의 변환 방식

이 황폐화된 세계의 루틴은 중세이거나 현재이거나 미래이거나 어떤 시간대여도 상관없다. 그것은 가상현실에 세팅된 전형적인 설정이기 때문이다. 그리고 세계 멸망 이후 '나'와 '너' 단둘만 남은 듯한 상황은 '너'를 절대화하는 데 기여한다.

사체에서 흘러내리는 구더기를 본 어느 날.

(…)

　매일 밤이면 나는 너의 캔버스 속에 갇히는 꿈을 꾼
다. 잿빛 하늘에는 무슨 빛의 장마가 어울릴까. 나는
눈을 감고 너의 체취를 상상했어. 테레핀. 그래, 너는
그것이 테레핀이라고 했다. 빗방울 닿는 곳마다 빛이
번지는데.

　투명한 물병에 물감을 떨어뜨리면 나는 그 장면이
왜 아름다운지도 모른 채 그저 아름답다고. 이유를 모
르기 때문에 아름다운 거라고 중얼거렸다. 물병에 발
작하는 눈물을 떨어뜨리면 어디까지 아름다워질 수 있
을까

　너는 나를 잊은 채 너의 캔버스 속으로 달아나버렸
지 새하얀 불안 속으로. 너는 왜 인간을 그리지 않는 걸
까. 그리고 나는 그 사실을 너에게 말해주었는데.

　　　　　　　ー「우리가 그림 속에서 완성된다면」 부분

창문 너머에서 폭격과 혁명이 벌어지고 있음에도 불구하고 꼼짝 않는 '나'의 이 비현실감은 자신을 마치 타인처럼 보고 있다는 데서도 연유한다. "우리가 그림 속에서 완성된다면"이라거나 "매일 밤이면 나는 너의 캔버스 속에 갇히는 꿈을 꾼다"는 분열적 시선은 프레임 속의 자신을 감상하는 메타적 구도를 보여준다.

'나'는 그림 위로 떨어지는 물감들이 추상적이기에 아름답다고 느낀다. 외부적 세계의 몰락 속에서도 '나'는 오직 이 혼돈이 아름다움에 도달했는지만을 고심했던 것처럼, '너'의 그림도 도통 이해할 수 없기 때문에 아름답다고 느낀다. 아름다움의 절정은 네가 "나를 잊은 채 너의 캔버스 속으로", "새하얀 불안 속으로", "인간을 그리지 않는" 절대적 단독성 안으로 숨어드는 극적인 순간에 완성된다. 미지가 주는 공포가 거울에 반사된 것 같이 그것은 이제 아름다움으로 굴절한다.

그림 속의 '나'는 계속해서 가상적 이미지의 '나'로 변주되고 그것은 주로 "사체에서 흘러내리는 구더기"로 설명된다. 이는 꿈이라는 판타지로 이월하기 위한 존재의 변환 방식이다. 거의 모든 시들의 시간대로 설정된

밤은 그래서 증오하면서 사랑하는 이중적인 감정의 대상(「사냥철」)이 된다.

> 봐.
>
> 창밖에 바다가 있는데. 밤은 물결을 지우는데. 이 방에는 거울이 있었고. 그러나 나는 나를 확인할 수 없어서.
>
> (…)
>
> "이곳 주민들은
>
> 이 수많은 산들을
>
> 거울 산이라 부른다고 하더군요. 구전되는 이야기에 따르면
>
> 신이 만든 거대한 거울이 산을 비추고
>
> 서로 증식한다고 하더군요."
>
> —「유리 장미」 부분

내가 있는 방은 실제적인 지명 혹은 가늠할 수 있는 연대조차 없는 무중력의 공간으로 나타난다. 그곳엔 거울이 있지만 "나는 나를 확인할 수 없"다. '나'는 거울에 비치지 않는다. 비친다고 하더라도 저것이 '나'인지 확

107

인할 수 없다. "곰팡이 핀 벽지"와, "죽은 꽃들", "모래
알이 뒹"구는 해변으로 방은 자꾸만 변해가고 '나'는 길
을 잃었기에 더 아름답다고 말한다. 길을 잃은 자만이
볼 수 있는 것들이 있기 때문이다.

　신의 거울에 비친 산들이 서로 증식하는 이 거울 모티
프는 계속해서 설명 불가능한 꿈으로 연착되고 '나'는
잠에서 깨어난 후 꿈과 현실을 진자처럼 오가며 아름다
움을 좇는다. '나'에게 악몽은 "인파", "행렬", "불규칙
한 리듬", "소음", 그래서 "하나의 타악기"로 수렴되는
미지의 감각들이다. 그것은 꿈꾸는 밤의 시간에서만 허
락되는 판타지이고 시인이 두려워하면서도 찾아 헤매는
파토스다. 결국 양안다가 그토록 많은 프레임을 제작하
면서 찾고자 하는 것은 '처음', '낯섦', '가능성'으로 요약
될 수 있는 아름답고 불가사의한 이야기의 미장센이다.

4. 어두운 병실에 당도하는 시뮬라크르의 질주

　많은 시에서 드러나는 교전은 광장, 깃발, 화염병, 구

호, 첨탑, 투신, 자살의 기호들(「밤의 지도를 펼치고」)로 포진된다. 그러나 저 유명한 보드리야르의 전언처럼 사실성을 반영한 이미지들은 사실성을 감추거나 사실성의 부재마저 감춤으로써 사실성과 무관해진다. 시 속에서 빈번하게 드러나는 파국의 현장은 실재의 재현이 아니다. 종말론적 세계의 가공할 이미지와 조우함으로써 독자적인 내면을 확보한 '나'의 어지러운 밤들은 "불타는 숲" 속을 헤매며 노래로 공명한다.

네트워크나 시스템으로부터 자의적이고 타의적으로 폐기된 '나'는 불안과 고독 그리고 슬픔에 겨워 죽음을 추동한다. 불평등과 소외 및 폭력의 야만성 개념과 대비해 숲, 해변, 시체, 불, 재 등으로 집결되는 밤의 이미지들은 현실과 무관하게 작동하는 '나'만의 세계라는 점에서 절대적인 성소다.

'나'는 빛과 어둠, 꿈과 현실, 망각과 기억, 죽음과 삶 사이를 공전한다. 그러나 이 위태로움과 현기증에도 불구하고 '나'의 시계는 밤에 맞춰져 있다. 스물다섯 편의 시들은 자기 세계를 사수하기 위해 최후의 보루에 선 '나'의 육성을 상징적인 오브제들로 기록하고 끝나지 않는 악몽으로 되풀이한다. 꿈속에 살고 있는 '나'에게 그 꿈이 계속된다면 그것은 더 이상 꿈이 아닌 실재가 된다.

　악몽들을 모아 문밖으로 던지는 일

　열쇠를 찾는 이들에게 다른 문을 권하고.

　그들의 비극은 그들의 일. 우리는 우리 비극의 페이지를 읽으며.

　　　　　　　　　　　　　　　　　　—「만 개의 밤과 낮」 부분

　나는 너와 깊어진다는 것이 믿기지 않고. 깊어진다는 것이 두려워. 막연한 공포 속에서.

　두 눈을 부릅떴을 때.

　우리가 어두운 병실에서 서로에게 기대어 있을까봐. 흔들거리는 촛불을 바라보며 울고 있을까 봐.

　　　　　　　　　　　　　　　　　　—「섬」 부분

　세계의 끝에서 "이젠 어디로든 질주할 시간"임을 예감하는 '나'는 계속해서 떠나자는 말을 반복한다. '나'

는 "열쇠를 찾는 이들"에게는 열쇠로 열리는 문을 권하고 "그들의 비극은 그들의 일"이라고 단언한다. 그러나 열쇠를 찾지 않을뿐더러 열쇠로 열리지 않을 문 앞에 선 '나'는 내 비극의 페이지를 읽어내야 한다. "숲에서 길을 잃고 또 잃다가 결국 해변으로 쓸려오는" 그것은 천형이기도 하지만 한편 그 방황에 대한 자부심과 허영심도 굳이 감추지 않는다.

시란 애초부터 현실에서는 불가능한 것에 대한 동경이고 경험이나 인식 차원의 것이 아니다. '나'는 '너'와 함께 허구와 무의식의 심연으로 자꾸만 깊어져간다. 그것은 도착적인 자기 회귀에 가깝다. 결국 "지어낸 이야기", "가능성이라는 서사", "처음이라는 필름"에 대한 자족적 환상은 어두운 병실에 당도할 수밖에 없다.

5. 절뚝이는 걸음의 끝에서 만난 '너'의 죽음

거짓말, 장난, 폭력, 비행, 자괴감이라는 위악적인 성장서사의 기저를 갖고 있는 시들에서 "자신을 소년이

라 부르는 소년은 없(「Behind The Scenes」)"다. 그러나 이
는 곧 "나는 보호가 필요합니다."(「불과 재」)라고 하는 장
면으로 귀결된다. 절뚝거리는 이 소년이 바로 무대 뒤
어둠의 실체다. 여러 편의 시에서 반복적으로 등장하는
"절뚝거린다"는 표현은 자기의 보행을 직시하고 있는
표현이다.

'나'는 손등 위에 맺히는 파란 핏줄을 스스로 "징그럽
다"고 느낀다(「소극장」). 이것은 '나'의 실존적 자아를 객
관적으로 수용할 수 없는 현재 자신의 상태를 가리킨
다. 망가지는 '나'를 무너지는 세계로 곧장 치환하고 있
는 '나'는 논리나 인과를 따르지 않는 비약적인 서사를
써나가는 데 집중한다. '나'는 프레임 속에 있는 과거의
'나'를 끊임없이 바라보고 바라본다.

그때 꾸었던 꿈과 지금의 꿈은 왜 다른 걸까. 무엇이
우리를 이렇게. 듣고 있어? 우리가 도착할 때. 그곳에
는 집, 낙하산과 에어백, 울타리라는 이름의 노래와 발
목에 묶을 밧줄조차 없을지라도. 표현할 수 없는 공허.
혹은 세상에서 가장 커다란 불. 갈증을 삼키려 퍼먹던

한 주먹의 눈. 다른 이야기를 들려줄게. 듣고 있어? 아직 잠들기 이른 시간이야. 너는 두 눈을 옆으로 길게 찢으며. 웃었지. 나는 너의 어깨를 흔들었다. 나의 이야기를 들어야 한다. 두 눈을 감지 말라고.

　　　　　　　　　　　　　　—「세계의 끝에서 우리는」부분

"끝나지 않는 눈길" 위를 걷고 있는 두 인물이 사는 곳은 자질구레한 집안일을 하고 고지서가 날아드는 일상적 공간이 아니며 사회적 이슈와 네트워크의 자장이 미치는 곳이 아니다. 그곳은 진공상태처럼 정지해 있으며 낮과 밤만이 찾아오고 이야기와 약병이 있을 뿐이다.

다만 간절히 꿈꾸는 것은 집으로 표상되는 안정, 보호, 유대와 같은 것만은 분명하다. 그러나 이야기를 들려주겠다는 '나'의 말과, 듣고 있느냐는 확인에도, 아직 잠들기 이른 시간이라고 재차 '너'의 어깨를 흔드는 '나'의 불안에도, '너'는 결국 두 눈을 감고 만다. '없는 너'와 '기억하는 나'의 대화는 이 시집을 관통하는 내레이션이다.

이 밤을 사랑하는 건 신과 우리뿐일 거야. 세계가 망가지는 건 우리와 무관한 일. 우리는 우리의 사랑과 서사에 전념하면서. 모든 게 기울어지고 있어. 어쩌면 너의 눈앞에서 춤추던 내가 쓰러질 수도.

나는 카메라 셔터를 반복적으로 누른다. 점멸하는 너를 바라보면서. 네가 사라진다. 어둠 속으로. 네가 웃는다. 찰나의 빛 속에서.

—「영원한 밤」 부분

'나'는 한계선을 넘는 숲의 사랑 이야기를 '너'에게 들려주면서 "이것이 거짓이라는 사실을 말하지 않"(「꿈의 농담」)는다. 결국 자신이 꾸는 꿈의 이야기를 시로 쓰고 있는 이 구도는 액자 형식의 효과를 발생시킨다. 꿈속의 꿈들은 몽환적이고 낭만적이다.

그리고 그 속에서 '너'는 점멸하고 사라져간다. 찰나일지라도 '너'를 저장하고픈 '나'의 욕망에도 불구하고 '너'의 존재는 유실된다. 「영원한 밤」과 쌍둥이처럼 놓이는 「영원한 빛」에서 '나'는 쏟아지는 빛 속에서 네가 잠들어 있는 것을 본다. 죽거나 병든 상태로만 내 곁에 나타나는 '너'도 결국 온전한 구원이 되어주지 못한다.

이 장면은 '나'의 전부였던 '너'가 천사처럼 죽어간 마지막 씬 같지만 반대로 시작 씬이다. 그것은 악몽의 복기이자 지어낸 환상이 아니라 내 어둠 속으로 찾아온 진짜 빛과의 태초의 경험이기 때문이다. 외부의 빛이 내부의 어둠과 교합하는 이 순간 내 안에서 조형하던 또 다른 '나'였던 '너'도 비로소 죽음을 통해 기형적인 쌍둥이의 외피를 벗고 타자로 현현하게 되는 것이다.

6. 커튼콜

"울음을 사랑하기로(「커튼콜」)", "걸음마다 화원이 무더기로 시"드는 생에서 '나'는 다짐한다. '나'는 이 모든 쇠락을 기꺼이 껴안는 자로서 시인이기 때문이다. 그래서 "나는 결국 뒤돌아보지 않는 장면에 실패"하고 만다. '나'는 기어코 돌아보는 자. 속악하고 비루한 추억만이 전부일지라도 결국 자기를 파먹을 수밖에 없는 가난한

자다. 이 시는 시인 자신에 대한 규정이자 고백으로서의 시론이다.

세계와 불화하는 자아가 문학의 본령이던 시대가 있었다. 룸펜 지식인이 퇴행적인 유희에 탐닉하면서 홀로 돋보기에 햇빛을 모으던 아름다운 장면이 있었다. 그가 자기의 비참으로 오감도를 한 칸씩 지어나갈 때 절름발이인 그의 원고지는 날개를 꿈꾸었다.

이제 양안다는 거울과 미장센이라는 프레임 안에서 끝나지 않는 밤의 악몽과 숲의 미로를 생성하고 절룩이며 걸어가는 '나'와 혼곤한 잠에 빠져드는 '너'를 새긴다. '너'의 부재를, '나'의 상실을, 그 불가피하고 비가역적인 빛 속에서 사라져가는 '너'라는 세계 앞에서. 그러나 모든 것을 기각하면서.

양안다에
대해

미래란 아직 도래하지 않은 풍경으로서, 가없는 상상력의 입구이다. 한편 시인은 그것을 '작은 미래의 책'에 담아 현실에 선사할 수 있는 조그만 비밀로 만들고자 한다. 끝없는 미래를 손에 쥘 수 있는 언어로 조형하려는 이율배반적인 상상력, 현실에 대한 탈출의 모색과 다시 한 번 손에 거머쥐고자 하는 욕망의 구조는 사실 우리에게는 너무나 익숙한 것이다. 꿈이나 영혼이나, 유토피아라 부르는 그 모든 이름들처럼, 그것은 간절히 희구하는 아름다운 미래에 관한 누설이다.

박동억, 「작은 미래의 책」, 현대문학, 2018

거울 건너편에 다른 세계가 존재한다는 흔한 설정 같음에도 양안다의 거울은 무언가 다르다. 이 세계에서 벗어나게 해주지도 못하며 다른 세계와 연결되지도 않는다. 심지어 본인을 자세히 관찰할 수조차 없다. 이러한 모습들이 양안다의 세계관을 단적으로 설명해준다. 양안다는 세계를 명명하려 하지 않는다. 단지 바라보고 질문을 던질 뿐이다. 그리고 그러한 행위가 거울이라는 스크린 앞으로 옮겨졌을 때 자아는 세계와 충돌한다. 본인을 바라보는 것이 영화 바깥의 누군가인지 영화 속의 본인인지 구분할 수 없는 상황은 두 존재를 서서히 겹쳐놓는다. 만약에 영화 바깥의 누군가가 세계 바깥의 신이라면 양안다는 이 세계의 신이 되는 것이다. 이처럼 양안다는 멀리서 보면 모든 결정을 보류하고 확신이 없는 것 같지만 가까이서 보면 수동적으로 갇혀 있지 않고 자아를 찾아 능동적으로 움직인다. 생각해보면 모든 의문의 출발점이었던 입김 또한 스스로 분 것이다. 이것이 양안다가 세계를 살아가는 방식이다.

최백규, 「언제부터 우리는 우리가 된 걸까: 양안다의 세계」,
현대문학, 2018

K-포엣
세계의 끝에서 우리는

2020년 3월 30일 초판 1쇄 발행

지은이 양안다 | 펴낸이 김재범
기획위원 이영광, 안현미, 김 근
편집 강민영 김지연 | 관리 홍희표 박수연 | 디자인 나루기획
인쇄·제책 굿에그커뮤니케이션 | 종이 한솔PNS
펴낸곳 (주)아시아 | 출판등록 2006년 1월 27일 제406-2006-000004호
주소 경기도 파주시 회동길 445(서울 사무소: 서울특별시 동작구 서달로 161-1 3층)
전화 02.821.5055 | 팩스 02.821.5057 | 홈페이지 www.bookasia.org
ISBN 979-11-5662-317-5 (set) | 979-11-5662-447-9 (04810)
값은 뒤표지에 있습니다.